Red

这些 都是你给我的爱 I 里德

安东尼 / 著　echo / 绘

湖南文艺出版社　博集天卷

送给 端 陪我一起傻的你

Contents
—目 录—

This is a story about love, journey and growing up.
The bunny boy was heart-broken from last relationship.
He then went on a journey, looking for a blooming tree.
He met new friends.
He found new meaning to life, and love.

这是一个关于 爱 旅行 成长的故事
兔子安东尼失恋了 于是他踏上了旅程 寻找一棵开满鲜花的树
旅行中 他认识了一些新的朋友 对人生和爱 也有了新的体会

Chapter 1

很久之前
Once I was

Me, myself and I

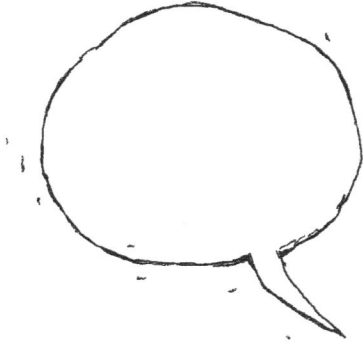

安东尼 温柔又骄傲 懒散又认真 关于人生 他有很多疑问和感想
可是又不觉得要着急解答

It makes me think of a period in my life when I was young and stupid.
Most of my pictures make me think that way.

Hi, where you been and how are you?

曾经有人和我说 如果你爱上了一个对的人 就会觉得他为你打开了一扇门
你会看到之前没有见过的 另一个奇妙的世界

My mind is clear. No matter what happens, I will always walk towards you, unwavering, unhurried, and unhesitant.

地球很忙 它绕着太阳走着被称为年的轨迹的同时 也要不停自转 这解释了为什么有日月轮回 我不明白的是 为什么如果倒着坐火车从A地去B地就会晕眩的我 依旧清醒

是的 我很清醒 不论是公转还是自转 涨潮还是退潮 不论是暖流改变气温带来鱼群还是海水淹没岛屿失去踪迹 不论是我的世界车水马龙 繁华盛世 还是它们都瞬间消失化为须臾 我都会坚定地走向你 不迷惑 不慌张 不犹豫

总有一阵子 会出现这样的生活状态 舒适得让人不知所措

睡了一觉醒来 是下午 阳光温暖 胳膊上的绒毛竖立起来
忽然想到你也有你的生活 你的世界 "那么广阔 那么漫长 那么真实 此时此刻你在做什么呢？"
想到这里就觉得失落起来 之后能感受到的只剩脖颈上血管的起伏

Anthony makes great tasting coffee. It is hard to believe that something so small can make so many people look at life with happier eyes.

安东尼在咖啡店工作 不忙的时候便收拾桌子擦玻璃 他会站在窗前 向下面的行人挥手微笑 人们发现的时候 会抬起头迎合眼睛里带着笑意

他做得一手好咖啡 人们说 能做出好喝的咖啡 泡出好茶的人都是内心温暖而安静的

It was a quiet afternoon in town when he received the breakup letter.

他住在一个安静的小镇 在那里 季节缓缓更替 光影游移 傍晚的时候 他收到来自对方的分手信……

A breakup letter from ...

Dear Anthony:

谢谢你给我的爱。

认识你的时候我坚信，
你就是陪我走到最后的那个人。

所以和你在一起的日子里，
肆无忌惮地对你任性。
你一再迁就我，
以你认为对的方式对我好。
可是那种被爱的感觉一点儿也不真实。
我不知道你心里到底在想些什么。

我们分手吧。
不管以后你是否会忘记我，
我会一直记得你。

祝你幸福。

Yours.

你出现的时候 "哗"的一声
世界就只剩下我们了

When you show up, it seems only you
and me left in the whole world.

Since then ...every time once it is raining I will think about you.

和你相遇的那个午后 我们本来在街上闲逛 忽然下起大雨 我拉着你在雨中跑⋯⋯
那次以后 每次大雨的时候 我就能想到你

If walking with you, every street seems like no end for me.

梧桐树叶连接起来 很难看到天
地铁站 图书馆 咖啡店 觉得我们常走的那条街 似乎没有尽头

亲爱的 和你在一起的时候
好像身体里某个按钮 被"啪"的
一声关掉了

你总是问我在想些什么啊
我笑着对你摇头说"没什么"

那些都是真的

我只是喜欢静静地坐在你的身边
不论是看日落还是看日出

你有一种让我 犹如深呼吸以后 放
松的魔力 尽管我们也会争吵 可是
我总会原谅你 或者 让你原谅我 我
一直觉得 我们就该 在一起

我 从来 都没有想过要和你分手

即使我们吵得最凶的那次

When I'm at your side, it is like a
button inside of my body gets turned
off with a "pop".

If you know what I mean ....

一起看电影时买的薯片 放到保鲜袋里干燥保存 两天过期
一起逛花街买的清香栀子 天天浇水晒太阳 花开一季
一起拍的宝丽来相片 小心翼翼地藏进相册里 几十年后过期

那么 一起制造的回忆
只剩下我一个人保管
多久……会过期呢

You left me alone in my memory.

忘记 我在海边坐了多久 视野里波涛反反复复 心中却只是下雨的声音
地球到底有多大 世界到底有多宽阔 是不是人们都带着爱的痕迹生活

Sitting on the beach, my heart started raining inside.

The ocean is so vast, stretching all around the world.

Everyone has a story...finally I felt that I had to start my journey.

我想 我要开始一段旅程

不是和什么告别

也不是开始新的生活

只是 去看看外面的世界

Chapter 2

在路上
On the journey

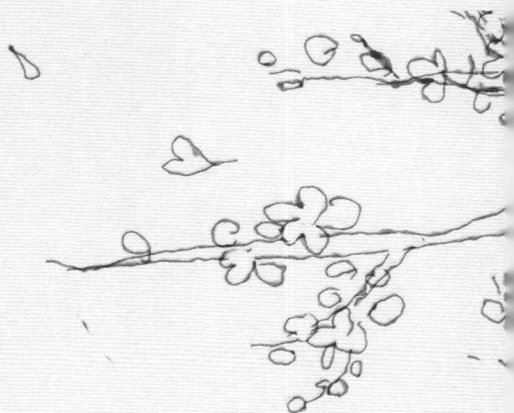

Everybody has a story

只靠双脚的话 就很难走得很远 （尤其当你一个人的时候）

所以交通工具出现了
世界上有很多种 交通工具 大部分有轮子
比如火车 汽车 自行车 公交车

有一些本来有轮子 旅途当中没了轮子的
比如飞机

极少的 没有轮子 好像轮船

17
KMS

飞机场总是很明亮 可能因为飞机与天空有关

来自各个国家的飞机像巨型的鸟一样 在机场停留 形态各异
它们在这里短暂邂逅 匆匆相见 然后坚定地起程

有的跨越季节 有的穿越时间

窗外是天青色 下雨
插入有两个插头的耳机 是叫不出名字的古典钢琴曲
飞机加速的时候 玻璃上的雨滴向后飞去 轨迹变成横线 脑袋顶着椭圆形玻璃

然后 红了眼眶

还没反应过来 飞机就已经穿越了云层 一片晴朗 云面上反射
着刺眼的光 擦干眼泪 目不转睛地看着外面 有的云朵像翅膀
有的云朵像女人的脸 有的像咖啡杯子 还有的像宝剑 觉得自
己好像是从跳棋盘上被拿出来的棋子 把生活留在了下面

让鼻子发痒的是春天

Spring tickles your nose.

风从袖中过的是夏天

Summer whooshes through your sleeves.

天空凛然耸立的是秋天

The sky stands high in the fall.

等到发觉的时候

冬天已经过去了大半

By the time we realize, most of the winter has passed.

♥『黑眼圈 女明星』

　　正往外看风景的时候 "可以把包放到这里么" 戴墨镜的女生指着中间的空位 这样问

　　"嗯 可以"

　　她似乎很满意的表情 然后把一个白色皮包放到位子上 安东尼展开世界地图 在上面做着标记 日本 希腊 法国……

　　"环球旅行" 女生可

　　"是的" 他回答 "我要找一棵开满花的树"

　　"找一棵树" 女生的语气很好奇 接着摘下了墨镜 她长得很漂亮 眼睛明亮 但是有重重的黑眼圈 "找一棵树" 她觉得不可思议

　　"是的 我要找一棵树" 他很认真地说 "之前我们在一起的时候 她说 如果能在一棵开满鲜花的树下合影 就好了"

　　女生好像听明白了 她点头 然后问 "那你喜欢的人 怎么不和你一起去呢"

　　"嗯……" 他看向窗外 语气低落 "那个人 已经不再喜欢我了"

那个人 已经不再喜欢我了

黑眼圈女生拿出来通告单 原来她是歌手

"你看起来很疲倦的样子"安东尼说

"因为有很多通告要赶 准备新歌 录制专辑 不光是这些 还要拍广告 做公益 有的时候要参加电视节目 和不认识的人聊心事 有的时候要制造绯闻 迫不得已地弄一些 和另外一个比你红或者比你丑的人的恋爱的消息……"

"当歌手好辛苦" 安东尼说

"其实也不会很辛苦 会有很多人喜欢你"她说

"被很多人喜欢 很重要么"他问"我以为 只有被喜欢的人喜欢 才会觉得幸福"他继续说"如果你喜欢的人 不喜欢你 那么就算全世界的人都喜欢你 还是会觉得很孤独吧"

女歌手想了想 说 "嗯 不过被人喜欢 终究还是一件令人愉快的事 恰巧被你喜欢的人喜欢 这样的概率太小了 所以有时候 我们需要另外一种 来自别人的喜欢 生活下去"

"嗯"

"歌迷的那种喜欢 虽然有的时候很真实 也很热情 不过很容易就消失不见 因为你毕竟也不是他们生命中 重要的人"女歌手安静地说着

飞机穿进了云层 外面是雾茫茫的一片 安东尼想起来之前 看到的一本书

一个开飞机的29岁的男生写道

"Once you are flying at 37000 feet you have a lot of time to think...it's beautiful."

如果你喜欢的人 不喜欢你
那么就算全世界的人都喜欢你 还是会觉得很孤独吧

If the person you like doesn't like you, wouldn't it still be lonely even if the whole world loves you?

❤『半条尾巴的 黄条纹猫』

遇到猫的时候 快要天黑了 它蹲在公园角落观赏樱花旅游的广告牌子下

那个广告里的樱花 感觉是用水粉做出来的 好像是粉色的空气 安东尼站在广告牌子下 感叹"好美啊"

这时候 猫抬起了头 看了看他 笑了 眼睛眯成了一条缝 然后摇了一下脑袋

"你好"安东尼说

"你好" 猫说 "你是来旅行的吧 每年这个时候 旅行的人就变多"

"嗯 我在找一棵开满花的树 之前我喜欢的人 说要是能在一棵开满鲜花的树下合影 就好了 我要找到那棵树"

猫懒懒地说 "人类正好相反 他们 生活的时候都在找工作或者找恋人 旅行的时候他们就什么都不找了 你也知道生活很累 他们需要假期" 它看着广告上的樱花继续说"这棵树是你要找的么"

他摇头 说 "不是 这棵树很美 但是太茂盛了 我要找的树 没有这么多花 你知道 如果一棵树上开满了花 人们就很难心怀感激地 觉得 这些花真漂亮"他补充道 "而且 那棵树 要有很多的叶子"

猫想了想说 "嗯 我好像 明白你的意思 就好像刺身拼盘 没有 零售的厨师刺身好吃"

安东尼点头 "我要 走了"他伸出手和猫说 "很高兴认识你"

猫把手 搭到他的手上 肉乎乎的 很温暖 它说 "如果 找不到也不要太难过……嗯……想得到的东西 不一定都会得到 ……嗯……人生也不过如此"

那个广告里的樱花 感觉是用水粉做出来的 好像是粉色的空气

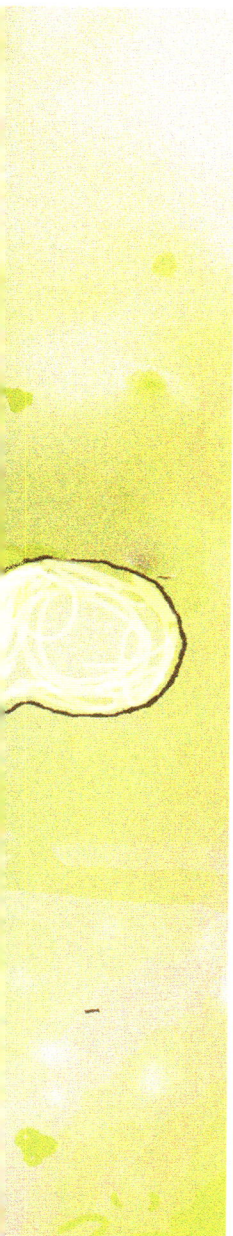

猫把手 搭到他的手上 肉乎乎的 很温暖
它说"如果 找不到也不要太难过…… 嗯……想得到的东西
不一定都会得到 ……嗯……人生也不过如此"

If you can't find it, don't be too sad.
We can't always have what we want...it's just life.

❤『戴海军帽子的 老头儿』

　　想要喝一杯咖啡 奇怪的是 都快到中午了 巷子里的咖啡店还没开 安东尼坐在堤岸上看海 双手不知道要放在哪里 走过了大半个地球 看到的海 颜色不同 却依旧寂寞 波涛来来回回

　　这个城市是 蓝色的 有透明的质感 微风阵阵吹过 孤独感被一阵子放大 一阵子缩小
　　所有的墙壁都是白色 所有的房顶都是蓝色 是政府下达文件规定的 还是某个诗人在夜里惊醒 偷偷把它涂成了这个样子
　　下午 回到那条巷子的时候 咖啡店开门了 他要了一杯黑咖啡和一小块蛋糕
　　店里已经坐满了人 没有多余的桌子 安东尼看到一个老头儿 戴着海军的帽子 一个人 坐在角落看报纸
　　"请问 我可以坐在这里么"他很有礼貌地问
　　"当然"老头儿合上报纸 示意他坐下来
　　安东尼喝了一口咖啡 然后皱起眉头 又抿了抿嘴
　　老头儿看到以后笑 说 "黑咖啡可不是谁都能享受的"
　　"感觉 和别的地方的咖啡不一样"安东尼说
　　老人把报纸放到一边 "这里的咖啡都是用很细很细的咖啡末儿 煮出来的 而且也没有过滤"
　　"嗯 很奇怪"安东尼说 "我们那里的咖啡都是用 咖啡机蒸出来Espresso 然后兑牛奶 奶泡 焦糖 或者奶油什么的"
　　老头儿叹了口气 说"大城市里的人每天都在喝咖啡 说什么 '离开咖啡我就活不了' 其实他们根本就不知道咖啡的味道"

这个城市是 蓝色的 有透明的质感 微风阵阵吹过 孤独感被一阵子放大 一阵子缩小

所有的墙壁都是白色 所有的房顶都是蓝色 是政府下达文件规定的 还是某个诗人在夜里惊醒 偷偷把它涂成了这个样子

他换了个姿势 继续说"就像很多人 来这里度蜜月 匆匆几周时间 去一个个景点 买很多纪念品 在很贵的饭店吃饭 却没有好好享受 只惦记着回去以后有多少工作要完成……这些人根本就是来梦游的嘛"

安东尼点头

他继续说"作为希腊人 我们不会那么辛苦地工作 也不善于计划 我们晚上喝酒狂欢至深夜 吃很多的羊肉 面包 橄榄油 所以我们起来得也很晚 这里很多店都是下午才开门"

安东尼看着他 他说 "大都市里面的人都是孩子 他们都觉得自己很幸福 其实他们很辛苦 因为有太多的选择 所以他们不知道自己需要什么 而且一切都被美化又发生得太快 真相大白以后 他们都不是很快乐"

安东尼想了想 点点头 "嗯 我就不是很快乐 我喜欢的人不喜欢我了 我很难过所以才出来旅行"

老头儿很慈善地笑了"你这么小 哪里知道爱是什么啊 只知道为爱苦恼罢了"他吸了下鼻子 点了点那杯咖啡说"你再喝一喝"

安东尼听了他的话 又喝了一口咖啡 奇怪的是 那种酸涩的苦感没了 有浓郁的咖啡香味

老人笑 "爱也像咖啡啊 你要细心烘焙打磨 然后小心翼翼地煮 它才会美味 咖啡末儿本身也是咖啡的一部分 你要享受咖啡的味道 就也要忍受咖啡末儿的酸涩口感 不过只要你把咖啡放一放 咖啡末儿就会沉到杯底……嗯 我是说 如果你口渴了应该喝水 咖啡是用来享受的"

安东尼看着海军帽老头儿眨了眨眼睛 "爱 像咖啡" 他重复 然后又点了点头

♥『 戴格子围脖的 诗人 』

　　遇到诗人的时候 正好是黄昏 公园里很安静 偶尔有下班的人 匆匆地走过 赶地
铁

　　诗人坐在公园的长椅上 看书 阳光并不充足 他看得有些吃力

　　安东尼走过去打招呼"你好" 他说 "请问 这附近有开花的树么"

　　诗人抬头的时候 看到了他 眼神里有些惊诧 他的笑容很像孩子 他说"现在是
秋天 即使有开花的树 也开始变黄 落叶了"

　　安东尼的眼神有一丝哀伤"我走了很远才来到这里"他说

安东尼的眼神有一丝哀伤"我走了很远才来到这里"他说

"你为什么要找一棵开满花的树呢"诗人好奇地问

安东尼似乎没听到 他只是看着膝盖 面无表情 "是的"他说

"为什么要找一棵树"诗人没有放弃 继续问

"之前我喜欢的人 说要是能在一棵开满鲜花的树下合影 就好了……现在她已经不喜欢我了……我也不知道为什么 只是觉得如果能找到那棵树 就会好受一点儿"

"真浪漫哦 我已经开始喜欢你了"诗人真诚地说"很高兴 认识你 我是一个诗人"他自我介绍

"很高兴认识你"安东尼看着他 尽管还是一脸难过的样子 他勉强地笑了笑 然后问"所以你是 作家"

"哦 不不不"诗人摇头说"诗人和作家是两回事 作家是描述生活的 好的作家会让读者联想到诗 诗人描述情感 好的诗人让读者想到生活"

安东尼不是很明白"听起来 很厉害" 他诚实地说 接着 他问"你在看什么书"

"你问 这个"诗人把手里的书 举了举"这是一本童话"

"童话 讲的什么故事"

诗人示意他坐下来 组织了一下语言 然后讲起故事来

"从前 在一个很小的星球上 住着一个小王子 那个星球很小很小 你可以毫不费事地绕着它走一圈 小王子很寂寞 有天他锄猴面包树的时候 发现了一粒花的种子 小王子很开心 从此他悉心照料种子 终于有一天 花芽变成了 玫瑰 玫瑰花很骄傲 她提出很多奇怪的要求 比如要一个屏障 她也很浮夸 在小王子面前说了很多谎话 小王子没有拆穿她的谎话 不过他不再快乐了 后来 他离开了那个小星球 开始了他的旅行……"

安静了一会儿 安东尼说"真的是一个悲伤的故事 难道玫瑰不喜欢小王子么 为什么她 不好好喜欢他 却一直刁难他 既然小王子那么爱玫瑰 为什么会狠心离开她呢"

他 听起来有点儿激动

诗人皱了下眉头 认真地说"玫瑰当然爱小王子 不过当你真的喜欢一个人的时候 就会想很多 会很容易办蠢事 说傻话 更别说 那个人像小王子那么可爱 玫瑰很温柔 其实她只是不知所措罢了"诗人继续说"至于小王子 他还太小了 不明白玫瑰的温柔 他的离开也许并不是坏事 '爱'有的时候好像 买新衣服 要站在远处才能看清"

诗人继续说"至于小王子 他还太小了 不明白玫瑰的温柔 他的离开也许并不是坏事 '爱'有的时候好像 买新衣服 要站在远处才能看清"

When you really really like someone, it's easy to think too much, say stupid things and do silly stuff.

"嗯 我明白 之前有个戴海军帽子的老人 和我说 爱就好像 咖啡 要沉淀一下再慢慢品尝"

诗人 点点头 "就是这样"

安东尼双手支住椅子 挺直身子 静静地说 "写这个童话的人 一定是个非常棒的作家"

这时候 天已经暗了下来 诗人似乎想到了什么 他和安东尼说 "虽然没有 开满鲜花的树 不过 说不定你会喜欢这个" 他拉着他的手 跑了起来

他们穿越广场 地上厚厚的梧桐树落叶踩上去像 松软的地毯 在脚后跟打转儿 他们来到铁塔下面

诗人看了看表说 "还有两分钟"

安东尼 默默地抬头……5 4 3 2 1 忽然之间 整个铁塔从下到上亮了起来 非常璀璨 绿色 紫色 红色 蓝色 就好像开满花的铁树

没有任何声音 他的眼泪 忽然就流了下来

分别的时候 知道 安东尼要去更冷的地方 诗人说 "这条围脖送给你吧 如果太冷的话 会容易难过的" 诗人把围脖套在兔子的脖子上 "谢谢你 再见" 安东尼说

诗人紧紧地抱住了他

没有任何声音 他的眼泪 忽然就流了下来

分别的时候 知道 安东尼要去更冷的地方
诗人说"这条围脖送给你吧 如果太冷的话 会容易难过的"
诗人把围脖套在兔子的脖子上
"谢谢你 再见"安东尼说

诗人紧紧地抱住了他

💛『 在 巫婆的店里 』

　　这个城市 到处都是积雪 但是不冷 空气里有易碎的透明质感 阳光透过这样的媒介穿透下来 在雪面上反射 变得刺眼 雪面上有一串串脚印 间距标准 有的平行 有的交叉

　　巷子里有一家 散发出橙色灯光的小店 似乎有种莫名的吸引力 安东尼 不由自主地向它走去 因为广场太安静 每一步都伴随着 ku chi~的踩雪的声音

　　推开门的时候 听到叮当一声 这个室内的感觉 和室外形成鲜明的反差 空气中的信息 很饱满 一种难以形容的味道 让人很舒服

　　四周围绕着深红色的木头架子 上面整整齐齐地排列着试管大小的玻璃瓶子 在灯光的映射下 能看到里面装着各种颜色的液体 或多或少 有絮状灰色的 吉百利紫色 蒂凡尼绿 拿铁棕 皮鞋黑 明黄……

　　"有什么需要帮忙的么" 一个声音很干的 老太婆的声音问道

　　安东尼回过头去 看到一面很大的 拼贴彩绘玻璃 玻璃中间有 猎人喂鹿的图案 旁边的细碎玻璃 不断变换排列 组合 好像万花筒的成像 玻璃的下方有一个巴掌大的洞 声音从那里传出来

　　"你好"安东尼说

　　"你好 有什么需要帮忙的么"那个很干的声音 重复问道

　　"那些 瓶子里 装的是什么"

　　"味道"老太婆回答

　　哦 原来是香水店啊 安东尼这样想

　　可是里面的人 马上说 "不 不 亲爱的 这里不是香水店"玻璃上映出了一个女人的轮廓 鼻子长长的 "我帮助别人 收集喜欢的人的味道"

　　"收集味道干吗"安东尼迷惑不解

　　"那些 失去恋人的人 他们带着过去的记忆生活 所以一直难过 我在帮助他们"

　　"哦"

　　"就好像 装面包的篮子 如果里面的面包坏掉了 需要把那些面包倒掉才能装

"那些 失去恋人的人 他们带着过去的记忆生活 所以一直难过 我在帮助他们"

新的面包 我就是帮他们把 面包倒掉" 巫婆 不紧不慢地解释

　　"嗯"安东尼点头 "可是这样的话 不是应该抹去 记忆么 和气味有什么关系"

　　"光抹去记忆没用 如果气味不清除的话 记忆还会再生"

　　"这样…… 所以那些瓶子里装的 都是曾经的恋人的味道"

　　"是的"

　　"那……那些人 把他们喜欢的人的味道留在这里以后 变得快乐了么"

　　"这个 不好说" 她 还是不紧不慢地说 "只是看起来不那么悲伤了 不过 如果记忆都清空了 就谈不上 快乐和悲伤了吧……像新的一样"

　　安东尼 安静了下来

　　"你要把 喜欢的人的味道留下来么" 巫婆 问

　　安东尼 想了想说 "还是算了吧 我一点也不喜欢新的面包篮子 它根本没有面包的味道 不算是一个面包篮子 也许 就算我带着这个味道 有一天 也会开心起来吧"

　　"很有可能"里面的声音说 "继续上路吧 希望你会变得更坚强"

　　我匆匆地 环绕世界 去履行自己和自己的诺言 心里有 艾米丽那样的坏笑 飞机降落时候的激动 有泡面 西式早餐 有好想要哭的小萝莉 也有 一心要好好爱的 金刚

　　后来 我终于能接受 我们不会再在一起这个事实 我想我唯一能做的就是 继承那些 你拥有的让我着迷的品质 好好地生活下去

　　每次 开始的时候 都迫不及待地 爱别人 可是真的在一起以后 就忘记了 小心翼翼地疼爱 原来 喜欢上一个人 很容易 可是 要在心里最深刻的地方 去珍惜 就很难

　　这些事 都在旅行的时候 慢慢想通 觉得身体好累 一直在悬着

"很有可能"里面的声音说"继续上路吧 希望你会变得更坚强"

我匆匆地 环绕世界 去履行自己和自己的诺言
心里有 艾米丽那样的坏笑
飞机降落时候的激动 有泡面 西式早餐
有好想要哭的小萝莉 也有 一心要好好爱的 金刚

后来 我终于能接受 我们不会再在一起这个事实

我想我唯一能做的就是

继承那些 你拥有的让我着迷的品质

好好地生活下去

每次 开始的时候 都迫不及待地 爱别人
可是真的在一起以后 就忘记了 小心翼翼地疼爱
原来 喜欢上一个人很容易 可是 要在心里最深刻的地方 去珍惜 就很难

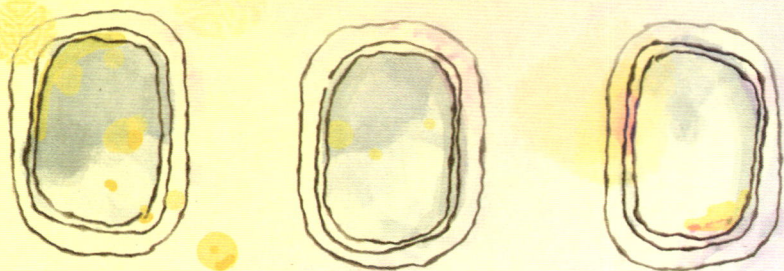

这些事 都在旅行的时候 慢慢想通 觉得身体好累 一直在悬着

Chapter 3

马戏团
The circus

I've been looking
for you ...since then

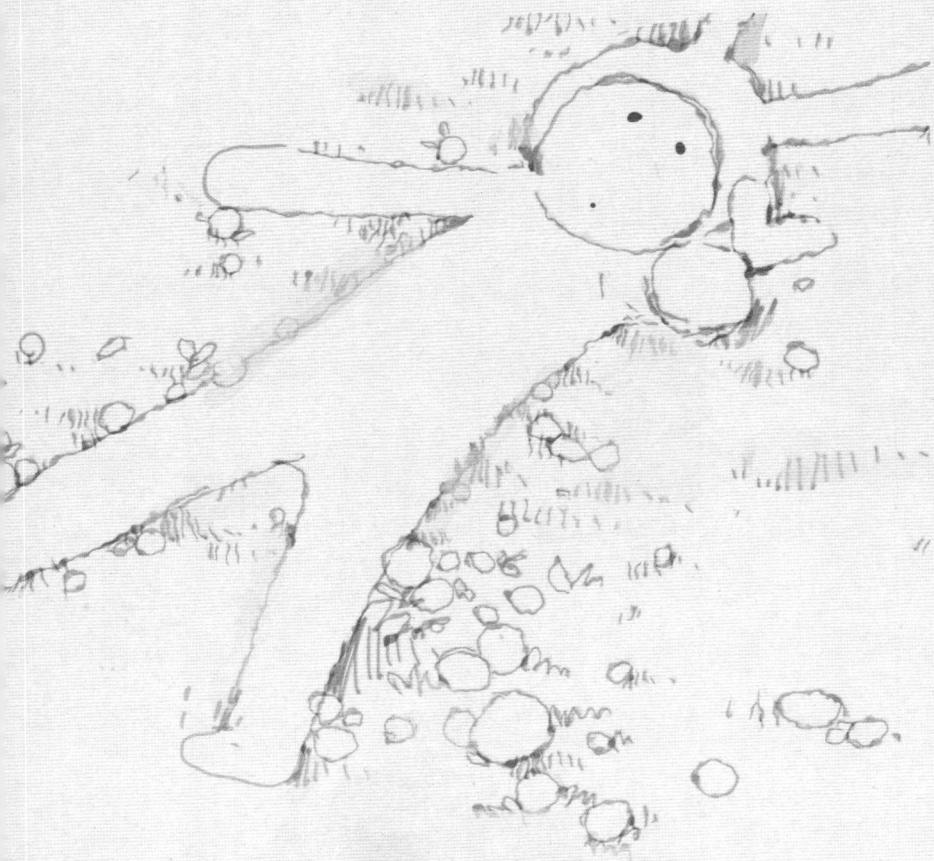

开始找一份临时的工作

马戏团在巡回表演 他们贴出了告示 招聘一个 售票员

说不好马戏团老板是 坐在椅子上还是躺着 他的衬衣被肚子绷得紧紧的 倒数第二颗扣子似乎随时会蹦出来

"嗯 很好 很好 兔子耳朵的男生一定很受欢迎"他自言自语 "人们总是喜欢新鲜的东西"

安东尼 仍然盯着那颗扣子 没有说话

"不过 我要先说清楚 在这里工作 不会让你变得有钱 但是你会得到一些别的工作中所得不到的东西 这不仅仅是一个工作 更是一种生活方式"

马戏团是一个很大很大的帐篷 外表看起来很普通 很难想象里面竟然装着一个奇异的世界

小丑可以 用鼻子顶起一把尖刀 同时在空中摆弄六个皮球 可以从比萨大小的圆桶里钻进去 钻出来

侏儒 会踩高跷跳芭蕾 让小丑躺在钉子床上 然后他在小丑身上放个板子 跳踢踏舞

红头发的女生 表演高空飞跃 她用一根绳子就能表演特技 不需要任何安全措施 在绳子上缠绕翻滚 她的臂膀粗得像男人一样 笑起来却像男孩似的调皮 听说她有很多朋友 她的表演 最受欢迎

光头不参加表演 他穿着白色背心 露出结实的肌肉 很少说话 少到你会觉得他是一个哑巴 灯光不会照到他 他只是在黑暗里爬上爬下 固定绳索框架 调整音响灯光

小丑戴着 金黄的发套 他的脸被涂上白色 嘴唇周围被画得红红的 夸张的笑容如果看久了 会隐约觉得下巴酸 因为化妆的关系 他笑起来感觉很夸张 没有声音

马戏团在 小镇安顿下来 光头井然有序地搭建帐篷 大家来帮忙 晚上的时候 所有的灯都亮起来 从外面点亮帐篷 喇叭大声地播放着广告 买票的人排起长队 安东尼忙得不可开交 红发女生过来帮他数钱 她自言自语说 "钱是个好东西 可是不知道为什么 数得多了 就跟纸似的 不觉得是钱了"

表演开始 红发女生在 缆绳上表演高难度的杂耍 光头在黑暗处目不转睛地看着 他的表情比红发女还紧张

"你看起来 很紧张"安东尼说

光头 默默地点了点头 目光没有移开

观众们屏住呼吸 然后吹着口哨鼓掌

"你看 他们多喜欢她啊" 光头说

"你也很喜欢她吧" 安东尼问 "我经常看到你在深夜 一个人 在帐篷里 检查空中飞人的绳索 还有缆绳的纽扣"

光头 一下子红了脸 胸口起伏

"喜欢她 应该让她知道" 表演结束以后 安东尼说

"这样 就不错" 光头说

安东尼 刚想说些什么 光头说 给你说一个故事吧

从前 有个小男孩 他捡到一盒彩笔 那盒彩笔 后面写着 made in xxxxxx xxxxxx是他不认识的地方

他觉得 每一支颜色都很好看 走到哪里都带着它 每次写字的时候 就打开 彩笔盒子 然后 一下子 就会知道 自己想用的是哪个颜色

可是 后来 有一次 他的一个好朋友 发现了这盒彩笔 就把里面的笔拿出来 一个挨着一个地 画一道线

他的 另外一个好朋友 打开盒子 说 这个颜色 借我用用

然后 他就一直很紧张 生怕 弄坏了 或者 少了一支
如果 这盒彩笔 少了一支 是多难过的事啊 他想
然后 他就不再快乐了

安东尼 没有说话 过了很久 他笑着对光头说 "第一次听你说 这么多话"
光头对着他笑 笑得很温柔

表演马戏的时候 小丑经常要 出丑 观众都很喜欢看
每次小丑摔倒 或者 被侏儒用水桶淋了一身的时候 观众都要笑翻了 小丑在舞
台上 摊手 满面笑容

退场以后 观众三三两两地离开 一边谈论着 表演的内容 一边合影留念 空旷的
场地 就这样一点点地 安静下来 投射灯灭了 整个马戏团像一块石头一样 跌进了寂
静里 小丑带着安东尼 爬上 帐篷 越过延绵不断的森林 隐约可以看到 城市灯光闪亮
小丑和安东尼肩并肩坐在那里

"怎么样 在这里还开心么"
"嗯 我喜欢小孩子 而且来这里的人都很有趣 之前老板说 在这里工作 会得到

退场以后 观众三三两两
地离开
一边 谈论着 表演的内
容 一边 合影留念 空旷
的场地
就这样一点点地 安静下
来 投射灯灭了 整个马
戏团像一块石头一样 跌
进了寂静里

小丑带着安东尼 爬上
帐篷 越过延绵不断的森
林 隐约可以看到 城市
灯光闪亮 小丑和安东尼
肩并肩坐在那里

比别的地方更多的东西 我想我明白他的意思了"

　　小丑说　"小孩子想的事不比大人少 他们知道什么是重要的事 他们也很彷徨……怎么对抗孤独 怎么开心……想和那些看起来又不孤独 又开心的人一起玩"

　　安东尼点头赞同

　　小丑接着说"我长大的地方 是一个农场 那里人很少 一个农场连着一个农场 放眼望去 能看到很远 我有五个哥哥 两个姐姐 我是被领养的 我的父母很酷 我长得一点也不像我的兄弟姐妹 不过没人在意这些 我已经记不太清 小时候农场上的生活了 我有的时候挤牛奶 那活儿不像看着的那么容易

　　农场边有个树林 树林中间有块空地 那片空地不大 但是很奇怪 上面的沙子好像海边的沙子 又细 又白 我一直想不明白为什么树林里会有这么一片沙地出现 我很喜欢那里"

　　"我小的时候 也去过类似的地方"安东尼说

　　"嗯 我很喜欢去那里玩 有的时候就坐在沙子上什么都不做 然后天就一点点暗下来 我哥哥姐姐经常带我去那里玩 不过要去那里的话 要穿过荒草地 那里的草很高 一直到腰 里面有很多毒蛇"小丑自言自语

又过了 很久

"你还要 接着找那棵 开满花的树么"小丑转过头来问
"是的"安东尼指着远方 城市的方向 "我想去那里看看"
"嗯 总会有一些很不开心的事 但也会有一些很开心的事"接着是长长的安静
然后小丑 忽然说 "我们都会一天天变老 然后死掉 多好"
小丑还没有卸妆 月光下可以看到他笑着的 夸张表情 可是 眼神却有一些失落
他就那样 笑着说 "我们都会一天天变老 然后死掉 多好"

第二天早上 安东尼和大家告别

侏儒拿着一沓钱 递给安东尼
"老板说 这是你的工钱"光头把他抱到 箱子上后 侏儒说 "穿过前面那片树
林 你就能到达城市了"他凑到安东尼的耳边说
"不要走得太慢 花会凋谢的 也不要走得太快 那样 花还没有开"

他就那样的 笑着说 "我们都会一天天变老 然后死掉 多好"

He was laughing, just like that,
"We will all grow old with the passing of each day, and die. Isn't that great?"

Picturing my love. 082

"不要走得太慢 花会凋谢的 也不要走得太快 那样 花还没有开"

Don't walk too slowly, the flowers will wilt;
but don't walk too fast either,
then the flowers won't be blossoming yet.

Chapter 4

朋友
The fox

There will be rainbows

森林很深 看不到边 我一个人走得很无助 后来 忘记了是哪一天
不知不觉地 出现了一只狐狸 他像一个毛茸茸的火团

我和狐狸并肩走

走了很远很远 尽管彼此都没有说话 但是我很开心
然后 有一天 狐狸开口和我说话
"觉得 好寂寞哦 你做我的朋友吧" 他说

我想了想 然后认真地告诉他
　"不行 我太喜欢你了 不能和你做朋友 之前当我是朋友的人 我把他们都弄丢了
我不想 有一天把你也弄丢"

I thought about it, and told him honestly, "No. I like you too much to be your friend. There have been so many friends that I've lost before, and I don't want to lose you either."

狐狸看了看我 没有说话 他只是默默地 点了点头
我试图安慰他 我说 "我喜欢 你看我的方式 它让我感觉到我自己的存在"
"那是因为 我想喜欢你" 狐狸说
我想我一定红了 脸庞 不知道要说什么

后来我们继续 一起往前走

路边的风景很单调 有的时候 出奇地安静 安静得像是世界的末日 让我觉得 快要死掉了

有的时候 很大的风 从路边吹过来 我没有说什么 只是 和狐狸调换了位置 走在 风吹来的方向

有的时候 路边有长满果实的树 我把狐狸高高举起 他兴高采烈地摘着果子 然后我们坐在树底下一起吃 果实的汁液弄得到处都是 他咯咯地笑 那一刻 我几乎觉得 我们已经是朋友了

快要到终点的那个晚上 我们像往常一样睡在路边 他像猫似的蜷缩在我怀里 他在哭

我问他 为什么哭 那些眼泪 是孩子那样任性的泪水么

他说不是 是成长的泪水

第二天早上起来的时候 狐狸就消失了 连他留在我身上那些一直清理不净的绒毛也不见了

我 一个人走在路上 脑子里空空的 然后……然后 忽然放声大哭 好像我从来没有那样哭过

心里想着 我当初如果和他做朋友就好了

就这样 我一个人 来到了城市

Chapter 5

城市生活
Life in the city

Dear honey,
bring me a dream

城市好像雨林 里面生活着各种各样的人 只是它不是绿色的 它由水泥和玻璃建成

城市里有开名车的富翁 有无家可归穿着邋遢的流浪汉 有成群结队穿着校服的学生 有神经质的艺术家 有穿着西装朝九晚五的上班族 有一些人他们不上班 他们在家里看孩子 看电视……

城市里有电视台 警察局 快餐店 医院 教堂 幼儿园 酒吧 游乐场 商店飞机场 加

油站 工厂 书店 游泳馆 电影院 火车站 咖啡店和超级市场……

　　城市里的人都在找东西 找工作 找住处 找恋人 找一段记忆 找一个梦

　　有一些在找另外一个人 还有一些在找自己 有一些人在找东西 但是他们也说不清自己在找什么

　　我搬进城市公寓 那个公寓在铁轨沿线 上面偶尔有飞机飞过 有一天 电话声 火车声 天上飞机的声音同时响起 那个晚上 我开始失眠

城市里的人都在找东西

找工作 找住处 找恋人
找一段记忆 找一个梦

有一些在找另外一个人 还有一些在找自己
有一些人在找东西 但是他们也说不清自己
在找什么

Everybody is looking for something.
Looking for a job, looking for a place to stay,
looking for love, looking for a piece of memory,
or looking for a dream.

Some people are looking for someone else, and
some are looking for themselves.
Some are looking, but they can't even tell what
they are looking for.

统计学家说 人们用 三分之一的时间在睡觉

我想 在这些时间里 我又有三分之一的时间 躺在床上想事情 出汗

三分之一的时间 光脚走到厨房 在冰箱里翻吃的 找水喝

三分之一的时间 躺在床上半梦半醒 脑子像是放映机 放映着真实与虚幻参半的一个个画面

当睡不着的时候 第一件该做的事 就是从床上爬起来 然后我开始 整理 旅行中的点点滴滴 把它们记录在笔记本子上

有的时候晚上两三点钟 我一个人出去走 整个城市安静下来 公路上偶尔有黄色出租车驶过 我顺着公路一直往前走也不知道要去哪里

后来 来到公园 公园浸在黄色的路灯下 树的绿变得更深 树上开着硕大的白色花朵能闻到一丝丝的香气 我站在树下数着 一朵 两朵 三朵……
后来 我又原路返回

有的时候 下午两三点钟 我一个人出去走

阳光灿烂 我在街头巷尾散步 每个人家的 院子里 都种着各种各样的树 有的结满黄
色的柠檬 有的开满紫色的小花 有的树 花朵比树叶还多 阴暗中的部分开得如火如
荼 向阳的部分开始枯萎腐烂

能遇到推着儿童车的妇人 穿着宽松背心踩着滑板的少年 老人躺在院子里的
摇椅上看书 房间内缓慢地播放着 不知道哪个版本的 *moon river*

后来 我给诗人寄了一个包裹 把他的围脖还给他 里面还有一张卡片 告诉他 我很好 虽然没有找到那棵树 我准备回家了

亲爱的 安东尼：

　　收到你的信的时候 这里是春天
　　很高兴 知道你现在很好

　　关于你没有找到 那棵树 我想 "喜欢"这个东西很奇怪
　　什么时候可以释然 什么时候可以放手
　　这些都不是三言两语能说清的 也不是 比如你设定一个
目标 然后实现它 就能继续前进的

　　那需要很长时间 等到了临界点 对的时间 你准备好了
你就会感觉到

读着这封信 我慢慢有了睡意

Reading this letter, I start to get sleepy.

Chapter 6

回家的路上
On the way home

Take it slow

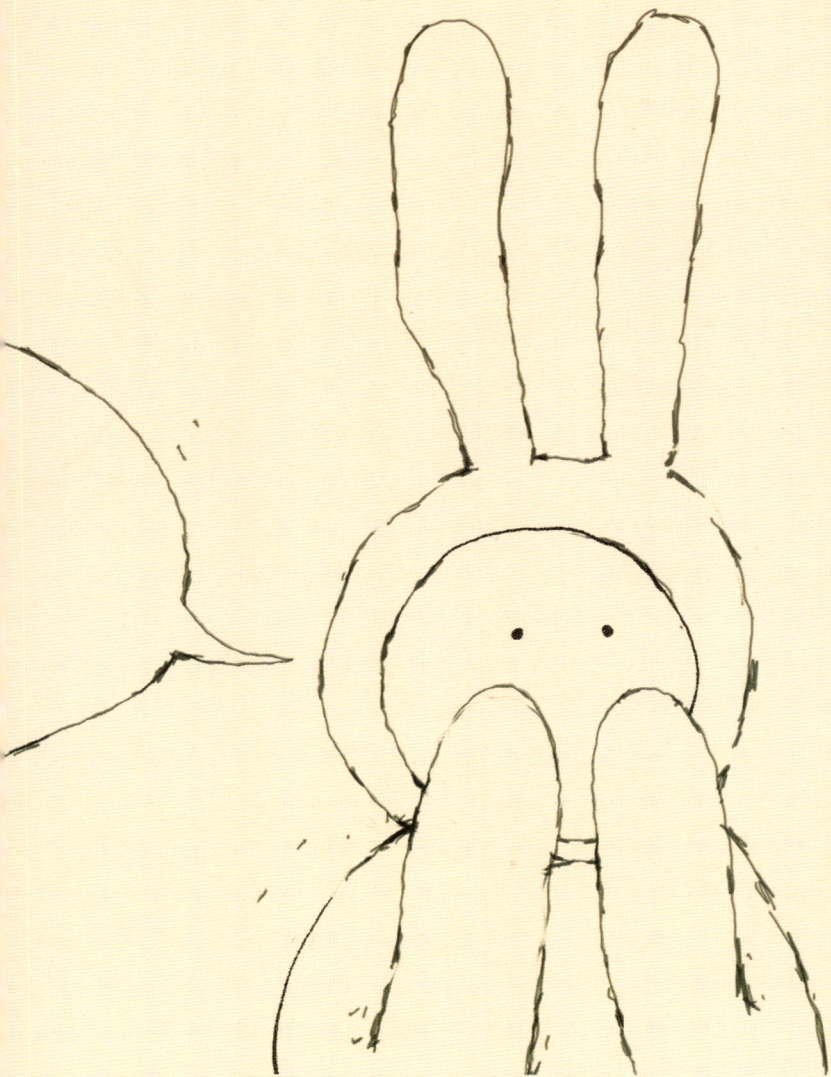

安东尼 开始收拾行李 准备回家 他在火车上 翻开自己的笔记本：

He opened his notebook on the train.

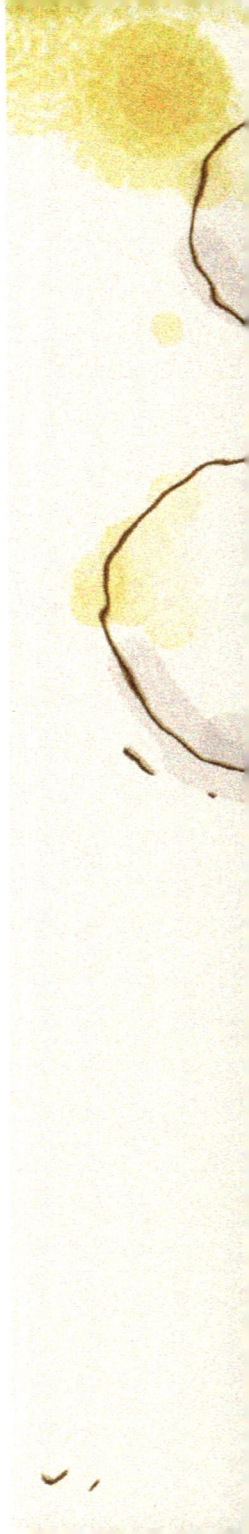

Finding my love . Honey _119

不知道 如何爱你 看着你 是我唯一的方式

I don't know how to love you. Looking at you is the only way I know.

现在 执着追求的事 将来必定有一天变成 不重要的

我的一个朋友说 人死的时候 能带走的只有回忆
我觉得 回忆只是在 当下影响我们的感受 带不走 也留不下

The things that we persistently chase after now, will become unimportant someday.

Are "love" and "like" synonyms?

If you love a flower, you'll water it; if you like a flower, you pick it.

What about "like" and "hate", are they antonyms?

If you like a flower, you pick it. If you hate a flower, you still pick it.

爱和喜欢是同义词么
不过 爱一朵花就为她浇水 喜欢一朵花就把她摘下来

喜欢和讨厌是反义词么
喜欢一朵花就把她摘下来 讨厌一朵花也会把她摘下来

想 回到过去 将你紧紧抱紧 紧紧抱紧

I want to travel to the past, and hold you tightly.

想找个 保鲜盒 把你给我的那些感动 都装
起来 当我不那么喜欢你的时候 就拿出来
回味一下

I want to find a box, store all the moments that
you've touched me. When I don't like you as
much, I can take them out and remember.

希望 迷路的时候 前方有车 可以让我跟随

冷的时候 有带电热毯的被窝

拉肚子的时候 就离家不远

困的时候 有大段的时间可以睡觉

不知道说什么的时候 你会温柔地看着我 笑我词穷

不可爱的时候 会适可而止

寂寞的时候 知道你在爱我

I hope to have a car in front of me to follow when I'm lost;

I hope to have a blanket to snuggle into when I'm cold;

I hope to be close to home when I have the stomach flu;

I hope to have great stretches of time to sleep when I'm tired;

I hope to have you watching me gently when I don't know what to say;

I hope to know to stop in time when I'm not being good;

I hope to know that when I'm feeling lonely, you still love me.

在每一个地方想你 自己一个人的时候 你更
是成了思想的主角 这样的你 让我羡慕

I think of you, wherever I am. When I'm alone,
you are the main character of my mind. I am...
jealous of you.

Pouring my love, Honey 146

我是傻瓜还是糊涂蛋 明明是那么认真地快乐与担忧过 怎么能这样彻彻底底地忘记了呢

其实大家都是普通人 都挺善良的 也都傻 怕寂寞 有的时候耍一些小聪明 都希望别人对自己好一点 可是又懒得付出

Am I stupid, or just scatter-brained? All those happiness and worries have existed so clearly, how could I have completely forgotten them?

After all, everyone is simple and normal. Everyone is kind, a little silly, afraid of being lonely, play a few tricks here and there, hoping that others treat them nicely, but too lazy to give at the same time.

所谓人生 便是取决于 遇见谁

The so-called "life", all depends on who you meet.

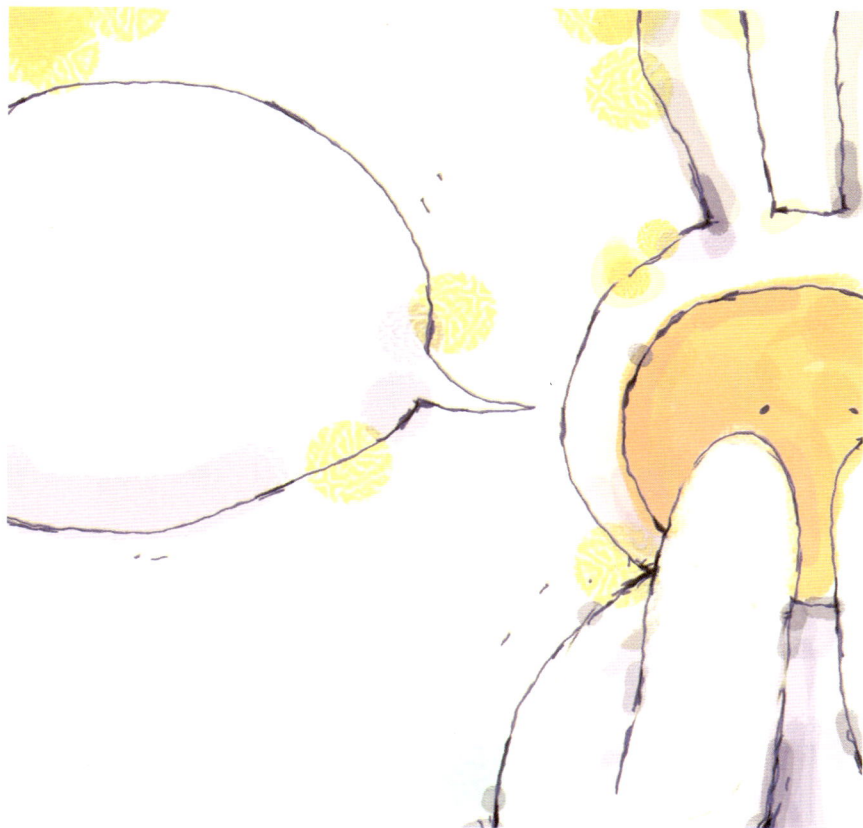

那些我本来说好 我很喜欢很喜欢的人
那些我告诉 他们我想和他们一辈子的人
我真的用心对待了么
会不会 就在我做别的不重要的事情的时候 把他们忘记的时候
他们已经死了 或者说 对我 死了心呢

Those that I have claimed that liked a lot, those that I have claimed wanting
to spend my life with, did I put my heart into treating them?
Will they have died, or lost hope in me while I was doing something unimportant
and forgotten them?

所谓的幸福都是别人眼里的 我们总是很容易觉得别人幸福 觉得自己可怜
一个人 当她 可以把自己的幸福 建立在别人的幸福之上的时候 这样是不是 更容易
获得幸福呢

It's easy to feel the happiness of others and feel pity for ourselves.

When we build our happiness, on top of others' happiness, will it be easier to be...happy?

我们为什么要旅行呢

我想 可能是 因为 有些人 有些事 有些地方 一旦离开 就回不去了 或者应该说 总觉得 自己回不去了

Why do we travel?

Maybe, it's because that someone, something, or somewhere, once you leave behind you can never return. Or think that you won't be able to return.

不要让那个喜欢你的人 撕心裂肺地为你哭那么一次
因为 你能把他伤害到 那个样子的机会 只有一次 那一次之后 你就从 不可或缺
的人 变成 可有可无的人了 即使他 还爱你 可是 总有一些 真的 东西改变了

Don't let the person that loves you cry heartbrokenly.

There is only one chance that you can hurt them so deep.

After that, you can go from "the irreplaceable one" to "the interchangeable one."

Even if they still love you, there is something, something real, which has changed.

Follow my love. Monig

你说 来陪我好么
你说 每天都要想我哦
你说 我愿意为你做一切
你说 我来照顾你吧
你说 让我一个人静一静
你说 还是把我忘了吧
你说 你就不能为我考虑 考虑么
你说 祝你好运

我应该说"行" "嗯" "好吧"
还是应该像现在这样 默默地看着你还要说些什么

You said, come spending time with me.

You said, you have to miss me everyday.

You said, I'll do anything and everything for you.

You said, let me take care of you.

You said, leave me alone.

You said, just forget about me.

You said, can't you just think for me for a moment?

You said, good luck.

Should I say, "yes"," ok" and "alright"?

Or stare at you like now, waiting for you to say something more?

我知道有一天我会忘记你 我没有期盼 我没有悲伤 我只是知道了而已 嗯

I know that one day I will forget you.

I don't have anticipation.

I don't feel sad.

I just know, that's all.

我们 合影 用照片纪念
我们 写日记 用文字纪念
我们 拥抱 用温度和力度纪念
我们 把头埋在对方的 头发或者胸里 用味道和声音纪念
我们 将和那个人一起的 某一段画面和时光 在脑子里 不断温习 用回忆纪念

后来……后来 就像 很多人说的 时间 让我们淡忘了 那个人 可是 总会有 那么一刹
那 所谓的 "纪念" 好像灭了火星的哑炮 一下子爆炸 然后 那个人 就被我们 这样
清清楚楚地 想起来了

嗯 忽然 想起你的感觉 也许并不好受 可是 我仍珍惜 和你一起的时候 每一次 能制
造 "纪念" 的 机会

We take pictures, remembering with pictures.

We write journals, remembering with words. We hug, remembering with warmth and strength.

We put our heads on each others' shoulders or chest, remembering with smell and sound.

We replay the time or scene we've spent with that person over and over again in our minds, remembering with memory.

And then, just like everyone says, time will make us forget that person.

And then, there will always be an instant where all those "remembering" light up and explode. And that person, will be in our mind, clear as ever.

Suddenly remembering you is not a good feeling.

But I still treasure every chance that I have to create a "memory" with you.

我一直相信 等你出现的时候 我就知道是你

I've always believed that when you show up, I will know that it's you.

应该 趁着年轻 和喜欢的人一起 制造些 比夏天还要温暖的事

While we are young, we should create things with loved ones that are warmer than summer.

Picturing my love . Honey 150

男人喜欢女人时 会说 你是我的
女人喜欢男人时 会说 我是你的
我喜欢你时 嘴上会说 我是你的 心里会说 你是我的

When a man likes a woman, he'll say:"You are mine."

When a woman likes a man, she'll say: "I'm yours."

When I like you, I'll say:"I'm yours." But in my heart, I'm saying:"You are mine."

我所知道的关于你的消息 就只有天气预报了

All the things that I know about you now, is only the weather broadcast.

那些我们一直好奇 而又有一些惴惴不安的未来 有时候 在我心里 隐隐约约地感觉
到 它们是明亮的

The future that we are curious and worrying about the same time, will be bright.
Or so I sometimes feel in my heart.

Chapter 7

尾声
Epilogue

With a chance of rain

飞机飞过天空 拉出的线一会儿就消失了 沙滩上的脚印 涨潮落潮以后就不见了
石头跌入湖泊形成涟漪 水位就上涨了一点 风吹过湿地 草和树木就默默拔节

An airplane travels across the sky, the line it traces disappears soon after.
The foot prints on the beach, vanishes after high tide and low tide.

A rock fell into the pond, causing ripples. The water level raised a tiny bit.
The wind blows through the marshland, grass and tree then grow silently.

Picturing my love, Honey 157

如果 只是我呢 如果只是 味道 眼神 拥抱 泪水 笑容 你做的吃的 在一起的时间
走过的旅程 住过的城市 消磨的时光
那些 陪我一起傻过的人 你们在我身上 留下了什么
我要不要死心塌地地找回你 还是微笑后坚定地转身 从此变得聪明

What if it's just me?

What if it's only the smell, the look, the hugs, the tears, the smiles, the food you've made,
the time we spent together, the journey we took, the cities we've live at, and the time we've
wasted?

Those of you who have been silly with me, have left marks on me.

Should I press forward until I find you again? Or turn around with a smile, become wiser
from now on?

之前那个我 和现在的我之间的距离 被许多细小琐碎的事填充着 这些都是 你给我
的 爱吧

The distance between the me from before and the me right now, is filled with all sorts of
little things. All of them, are the love you've given me.

如果这样，那么……

(From where you'd rather be...)

Anthony 大连—墨尔本 厨师 他写字

这些&那些

然后 有一天 那些日子里发生的故事 变成了这些生活中 一点点的具象

我一次次 不厌其烦地 和各个层面的朋友 介绍新书的思路 在CBD的咖啡店 Chinatown的日式餐馆 等火车的老旧车站 走很长很长路的时候

你说 我们现在成了这个样子 是不是都是别人给的
比如
握手时候的力度 走路的姿势 我们的逻辑 身上的疤痕 爱怎样的人 说话的语气和语速
我们旅行的 目的地 喜欢哪一个歌手 什么时候会哭 手段与造诣
去的地方 微笑时嘴角的弧度 到底有多努力地生活 有没有很爱喝水
是不是 很喜欢说我爱你 接吻的技巧 拥抱的姿势 说英文时的口音
有多天真或者多老练 喜欢牛仔还是运动裤 可乐还是泡面 眉毛的粗细 头发的浓密 走路的时候手指有多弯
……
这些人 可能是亲人 可能是朋友 爱人 或者 路人 甚至或者根本没有见过

每当我说到这些的时候 对方 总会 安静下来 若有所思的样

子

这就让我更加肯定地 觉得 嗯 一定是 "这些人" 我现在这个样子 一定是 被 "这些人" 成就的

相信过 追随过 埋怨过 祈求过 心碎过 甜蜜过 思念过 崇拜过 伤害过 欺骗过 拥抱过

那些 准备好 不离不弃的

那些 没有说 再见 就从此不见的

那些 不论伤害我多少次 可是只要你 对我微笑时 我就拼命想将你原谅的

当你们一个个 还是 或者已经不是 那些日子里的你的时候 我已经 成了现在的我了

谢谢你的挂念 谢谢你的照顾 谢谢你的处心积虑 谢谢你的高明手段 谢谢你的诚实 谢谢你的欺骗 谢谢你的时间 谢谢你身上的温度 谢谢那些笑容 谢谢那些温柔

谢谢你 曾经一起陪我傻过

嗯 这样

From Anthony
2010年

如果这样，那么……

(From where you'd rather be...)

echo　南京—墨尔本　建筑师　她画画

文稿中后记部分应该由我来写的那段一直空着。

不写字已经很久，以为自己把仅存的那些想念都用笔触和颜色留在了画里。是的，我为你画出的这一个世界。植物清香，暖色阳光，你的笑脸逆着微风和花香。

这是只小小的寂寞的兔子。我因为你而开始画给自己看的故事，一画就画了好多年。他也慢慢地长大，他依然耳朵挺拔，眼神坚定，笑容微凉。他在他自己的世界里走了很长很长的路。走到地球转了1463圈，终于在这里停了下来。

嗯。我想画的，是我们每个人都会经历的那一段年少时光啊。
你很傻地爱着一个人，有个人傻傻地爱着你的，那段时光。
被书写，被传唱，被演绎了一遍又一遍的，很多很多年以后，在一本书、一段音乐、一片微醺的光线里，倏忽记起的，那段时光。

而这些，都是，你给我的，爱吧。

From echo
2010年

Thanks
鸣　谢

一本书的完成 不仅仅是两个作者的功劳 它还凝结这团队中每一个人的努力 格外加上一些机缘巧合

首先 要感谢 最世的同事 谢谢小四在绘本如此不景气的前提下 仍然相信我们 使绘本得以面世 谢谢阿亮 小西 对封面纸张的把关 特别感谢李安同学 投入的精力 用心排版与加班 We love it. Well done.

其次 作为出版物 我们力求英文翻译水平的高质量 所以要特别感谢 人在美国的月白同学 在照顾少爷的同时 还要进行英文翻译和校对 传神地表达出中文的含义

感谢 家人 朋友的支持
感谢 Baidu 让我们两个人相遇
感谢 之前偶遇的每一棵开满鲜花的树 陪我们一起傻过的人

最后 我们必须感谢 亲爱的读者们 出版前的期待 上市时候的耐心 和后期的支持 来自你们的力量和温暖 一直感动着我们 谢谢

Wish you all the best.

Yours,
echo&Anthony
2010年

这些　都是你给我的爱

——创作访谈录

L／阿亮（编辑）　A／安东尼　E／echo

为什么会起名《这些　都是你给我的爱》

L：首先非常感谢购买了《这些　都是你给我的爱》的所有读者，今天我们请来了绘本的两位作者安东尼和echo，针对这次的绘本创作，做一个简短的采访。

A：嗯　那个　我俩刚才去吃了　韩国料理　现在在咖啡店用无线上网　本来刚才还在耍彪闲聊　现在忽然两个人都　不自然起来啦　＞＜

E：这段可以考虑不要加到访谈录里　安东尼放空跑题了

L：没事，其实就是随便聊聊。先要恭喜两位，新绘本终于出版了，为什么会起名《这些　都是你给我的爱》？

A：创意一开始是从echo博客里的一张图得来的　那个图大概是一个兔子带着很多细小琐碎的东西站在空旷的场景里　旁白就是"这些都是你给我的爱"当时就觉得一下子说到心里了

E：说实话我已经不记得具体是哪张图了　但是讨论书名的时候　安东尼提到了这句话　我当时的感觉　就是它了

L：这么说是安东尼先提出，然后两个人一起决定的咯？那请两位各用一句话来形容一下这本书。

A：A story about bunny boy.

E：我觉得像蜜桃味兔子形香皂

L：哈哈，echo的形容很可爱啊！兔子先生是你笔下出现最多的人物了吧？两个人都对兔子比较钟爱？

E：其实早在认识安东尼之前 我自己一开始乱涂鸦的主题 就是一只兔子男 那个时候年纪还小 不懂得什么叫爱情(>\\\<) 结果画着画着 好多年过去了 这期间 不仅认识了安东尼 一起合作 到自己慢慢成长 兔子先生也跟着一起发生变化 画啊画啊 画到最后 居然成了一本 讲述爱 探索爱到底是什么的小书 还是很欣慰的……

A：嗯 对echo的兔子 一见钟情

L：那这次的绘本，与安东尼之前的《陪安东尼度过漫长岁月》最大的区别是什么？

A：嗯 如果说 之前那个是 对平时生活的记载的话 这次更像是 一个梦境诉说 …… 古人说 日有所思 夜有所梦

E：在我看来 如果《陪安东尼度过漫长岁月》是关于安东尼自己的故事 那这个绘本 就是为住在他身体里的那个小男孩 写的故事 呵呵

A：是我们

L：安东尼的意思是，关于你和echo的故事吗？

A：嗯……应该说是 我们两个人 对一些事情的感悟吧 不是交集 是合并集

创作契机与过程

L：那最初的创作契机是什么？是谁先想到的这个题材，提议开始创作的？

E：嗯 文字感和图画意象的结合 1+1>2

A：我认识 echo之前 她就有出一个绘本的打算 我自己也想尝试一下写一些小故事 后来我们合作了 《陪安东尼度过漫长岁月》 以后 我就想 干脆一起弄一个绘本吧 正好完成她的一个心愿 关于 寻找一棵开满花的树 这个主题 是我想到的 ……至于为什么要 找到那棵树 我也说不清 但总感觉 就应该是这样子 希望读者看了以后 会有自己的答案吧

E：嗯 我自己一开始画着玩的故事 也是关于 兔子先生 要去寻找一棵属于自己的树 这是个太繁华的世界 而其实每个人都有自己选择坚持或者相信的人或事 希望我们的故事能让大家慢下来 已经了解或者还不是很清楚的 都去想一想 自己相信 并愿意为之付出努力和感情 或者只是默默放在心里的 是什么

L：那绘本中各自最满意的部分是什么？

A：森林里 狐狸的故事 和 小丑后来的那句话

E：我最喜欢结局

A：我也喜欢结局~

E：马后炮‐‐

A：＾＾Yeah

L：哈哈，那有没有留下什么遗憾呢？

E：遗憾……拖稿拖得太厉害 没有赶上情人节档期 对不起大家(三鞠躬+叩拜谢罪orz) ……（好在有白色情人节这种说法……)(皮厚）

A：忘记是我们 第几次碰面的时候 我扎进沙发里 自言自语地 和echo说 "这肯定是 一本充满遗憾的书啊" 因为我们有太多想法 感受 想通过这个绘本表达了 后来有点儿力不从心 没有一一实现 如果有 再一次合作的机会 希望能更完美 至于错过情人节档期 我本人觉得没什么 我不喜欢情人节 嗯 白色情人节不错 觉得靠谱和低调一点儿 只是对那些情人节期间 去书店买书的读者 觉得非常抱歉 非常抱歉

E：对不起大家……

L：哈哈，我想我们体贴的读者朋友们在看了这本充满诚意的作品之后，一定会原谅你们。这是两个人第二次合作出书，在这次的合作中遇到的最大困难是什么？

E：困难就是 我们都属于比较闲散的人 每一次说好碰头协调书的事 结果都会很容易跑题成 吃喝 逛街 腐败……进度因此耽搁了不少

A：……最大的困难 明明是 我们在创作书的过程中 正好赶上期末 和圣诞 要忙着考试 论文 和工作

E：还要在南北半球 来回折腾…… > <

最佳拍档

L：看来两个人都不容易啊，又要忙学业又要出书。能说说最近的状态吗？

E：这学期回来 刚交了毕业设计开题报告 布置海边的新家 最重要的是 完成书的最后定稿工作 -v- 还是很充实的（其实忙得像鬼一样 安东尼见到我第一句话居然是 你果

然憔悴了很多）

A：我相对起来就很闲 在之前工作的Mansion 完成了半年的实习 现在准备去上海完成剩下的部分 我觉得回国以后的发展空间也许更大 加上今年上海世博会 所以2010年应该是在上海度过 然后想想将来到底是在哪里生活 最近在卖车 卖家具 还有N多的"come out, have a drink, and say goodbye."

L：哈哈，欢迎尼尼回来~~很多人都说安东尼和echo的风格很契合，也一直想知道两个人是怎么认识的，私下里的关系如何？

A：很久很久以前 我刚来墨尔本的时候 有天在学校图书馆 登录我的博客 用Baidu 键入"安东尼 space"的时候 列表里 第一个 是一个别人的空间 叫作 "陪安东尼 度过漫长岁月" 然后我出于好奇 就点进去看 里面一个一个日志 文字不多 但是 都是围绕着那个叫作 安东尼兔子的 倾诉 当时我就萌翻了 (echo在 旁边看到这里 红了眼眶) 然后我就给她 留言写了邮件 后来 我要出《陪安东尼度过漫长岁月》的时候 想都没想就联系了echo了 从那时候开始我们的故事就开始了

E：我还记得 安东尼当时给我的留言就一句话 "终于找到你了" 说实话 我觉得这真的是缘分 我当时开始画兔子的时候 在那么多的名字里 挑了很久 挑了 安东尼 这个名字

L：有种命运中的邂逅的感觉？听说两个人私下里也会一起玩儿？

A：嗯 对 我的人生真是充斥着 机缘巧合 偶尔吧 因为echo小姐住city 我住在 地广人稀的 乡村 见面要先开车然后坐火车 然后坐tram……因为绘本的关系 见面的机会相对多了点

E：嗯 一起吃过香辣蟹 喝过无数咖啡 放了长短不等的空以及对方大小不同的鸽子……

L：既然这么熟啦，那请用一句话形容一下你的搭档，有什么最想和他/她说的。

E：安东尼在我眼里就是一只人形兔子男 我想摸着他的头对他说 乖尼尼 多吃点儿 你太瘦了……哈哈哈 不过认真的 我想说 很高兴认识你 不管多久以后 想起你 想起这

段时光 我会觉得它是人生中最温暖的片段之一 谢谢你 honey

A：echo小姐的 气场干净利索 基本功扎实 我觉得她将来做什么都会有很好的发展 to echo: 遇到你 真的是太好了 (目光如炬ing)

未来和最后的赠言

L：在两位的真情告白之后，还有一个问题，现在这么默契的两个人，之后还会继续合作吗？觉得会合作多久？因为，感觉两个人在去年的合作作品不是很多呢。

A：Friendship never ends. 近期是否会合作还不清楚 但是 一定会保持联系 至于以后 我坚信 还会有合作的机会

E：嗯 绘本出版后一段时间内 我们可能暂时不会有新的作品出来 一方面我要开始忙毕业设计的事 而安东尼也要为自己的事业加油打拼去了 毕竟我们俩在未来的主要身份会是建筑师和西餐主厨……不过我们会keep in touch 并

且等待下一次合适的合作机会 (其实有些已经在计划之中了^^) 总之应该不会就此消失的吧 呵呵

A：嗯 必须 不会 说不定 绘本会出续集 "这些也是你给我的爱" "这些还是你给我的爱" "这些……"

E：- -

A：> <

L：最后啦，请对一直以来支持你们的读者说一句话。

A：祝大家 心脏很强 胆子很大 好好恋爱 荒唐放纵 最后找到真爱

E：谢谢你们的等待 谢谢你们的耐心 谢谢你们给的一切 这些 都是你们给我们的爱 ^^ 谢谢大家

2010年

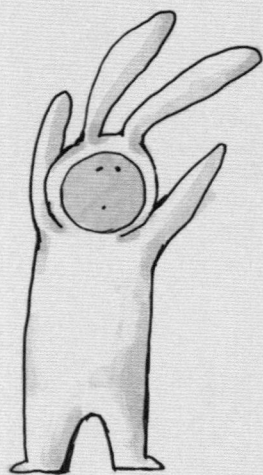

- GOOD BYE -

出品／上海最世文化发展有限公司
官方网站／www.zuibook.com
平台支持／最小说 ZUI Factor

这些都是你给我的爱1，里德

作者　安东尼　echo

ZUI Book
CAST

出品人／郭敬明
项目总监／痕痕
监　制／毛闽峰　赵萌　李娜
特约策划／卡卡　郑中莉　由宾
特约编辑／卡卡　张明慧
装帧设计／ZUI Factor（zui@zuifactor.com）
设计师／Fredie.L
内页设计／Fredie.L　董璐
封面插画／echo

图书在版编目（CIP）数据

这些都是你给我的爱 1，里德 / 安东尼著；echo 绘 . 一 长沙：湖南文艺出版社，2017.8
ISBN 978-7-5404-8227-5

Ⅰ . ①这… Ⅱ . ①安… ②e… Ⅲ . ①散文集—中国—当代 Ⅳ . ① I267

中国版本图书馆 CIP 数据核字（2017）第 174851 号

上架建议：畅销·青春

ZHEXIE DOU SHI NI GEI WO DE AI 1，LIDE

这些都是你给我的爱 1，里德

作　　者：	安东尼 echo
出 版 人：	曾赛丰
出 品 人：	郭敬明
项目总监：	痕 痕
责任编辑：	薛 健 刘诗哲
监　　制：	毛闽峰 赵 萌 李 娜
特约策划：	卡 卡 郑中莉 由 宾
特约编辑：	卡 卡 张明慧
营销编辑：	杨 帆 周怡文
装帧设计：	ZUI Factor（zui@zuifactor.com）
设 计 师：	FredieL
封面插画：	echo
内页设计：	FredieL 董璐

出版发行：	湖南文艺出版社（长沙市雨花区东二环一段508号 邮编：410014）
网　　址：	www.hnwy.net
印　　刷：	北京中科印刷有限公司
经　　销：	新华书店
开　　本：	880mm×1230mm 1/32
字　　数：	60 千字
印　　张：	6
版　　次：	2017 年 8 月第 1 版
印　　次：	2017 年 8 月第 1 次印刷
书　　号：	ISBN 978-7-5404-8227-5
定　　价：	39.80 元

质量监督电话：010-59096394
团购电话：010-59320018